There was an
old lady
who swallowed
a fly

Kate Toms

make
believe
ideas

There was an **old lady**
who **swallowed** a fly.

Why, oh **why,**
did she
swallow
a **fly?**

Oh my, oh my!

Tra la la!

That little old lady was **walking** along, enjoying the sunshine and **singing** a song.

When **all of a sudden** a fly flew south...

and ended up flying

right into her **mouth!**

That poor old lady – what a to-do!

Imagine if that happened

to **you!**

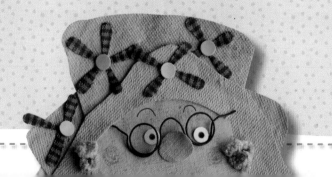

The fly now buzzes and
tickles her **tummy**
(she didn't think it tasted so yummy)!

But **suddenly** she has an **idea**

to make the naughty fly disappear:

to catch the fly she swallows

a spider—

so now she has them **both** inside her!

Oh my, oh my!

Down by the pond
she **spots** a **frog,**
sitting still on a speckled log.

Without even saying
"How do you do?"

cRoAK!

she picks up the frog and
swallows
him too!

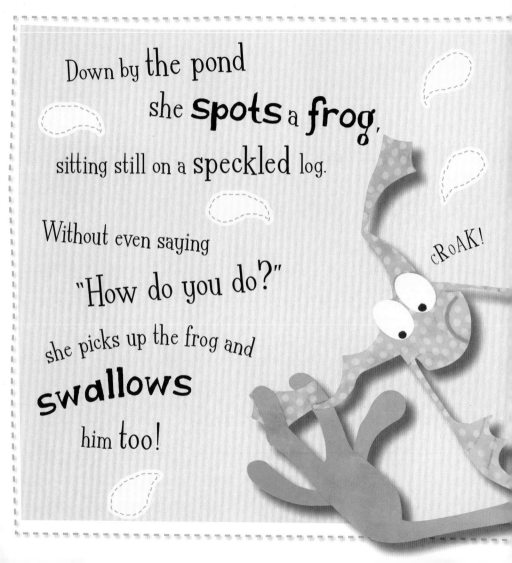

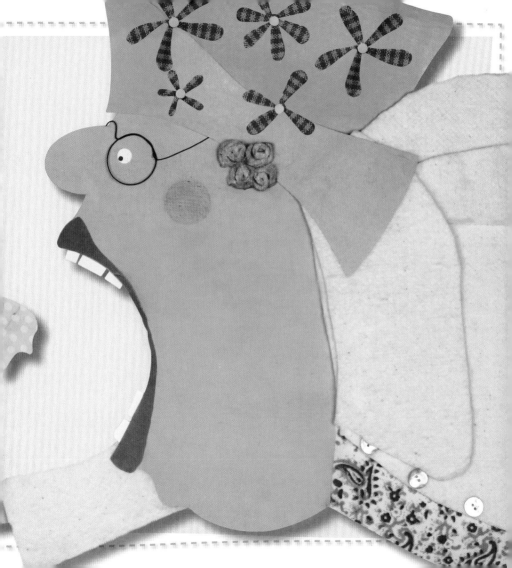

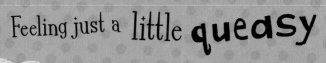
Feeling just a **little queasy**

(certainly not so bright and breezy),

she **spots** a heron on a nest –

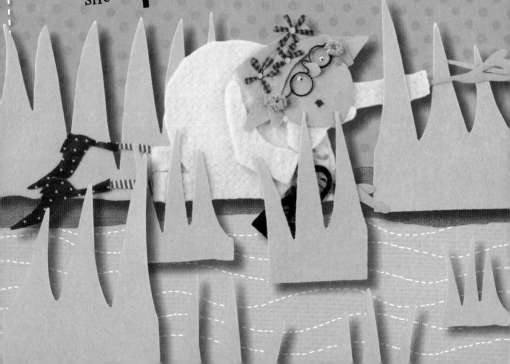

I wonder if you can

guess the rest?

How **absurd**...

to swallow a **bird**!

Oh my, oh my!

How could she **do** that?
We **don't** know how —
but you won't **believe**
what happens now...

cREam

Pretty Kitty
sits and **purrs**;
from **behind** her something **stirs.**

Before **poor puss**
has time
to flee...

By this time it's **getting dark.**

Prince the **dog** plays

in the

park.

But poor old Prince
just does not see
the **old lady**
lurking by a big tree.

GULP!

Poor Prince...

The old lady's **tummy** is about to **burst** – she wished she'd thought more **carefully** first.

She swallowed the **dog**
to catch the cat.
She swallowed the **cat**
to catch the bird.
She swallowed the **bird**
to catch the frog.
She swallowed the **frog**
to catch the spider.
She swallowed the **spider**
to catch the fly...

if **only** that fly had just **flown by.**